GOTTFRIED KELLER

Der Schmied seines Glückes

NOVELLE

MIT EINEM NACHWORT
VON RENÉ NÜNLIST

PHILIPP RECLAM JUN. STUTTGART

»Der Schmied seines Glückes« ist dem Zyklus »Die Leute von Seldwyla« entnommen. Der Text folgt der historisch-kritischen Ausgabe: Gottfried Keller: Sämtliche Werke. Herausgegeben von Jonas Fränkel. Achter Band. Erlenbach-Zürich und München: Eugen Rentsch 1927. Orthographie und Interpunktion wurden behutsam modernisiert.

Universal-Bibliothek Nr. 6175
Alle Rechte vorbehalten. © Philipp Reclam jun. Stuttgart 1972
Gesetzt in Borgis Garamond-Antiqua. Printed in Germany 1972
Herstellung: Reclam Stuttgart
ISBN 3 15 006175 X

John Kabys, ein artiger Mann von bald vierzig Jahren, führte den Spruch im Munde, daß jeder der Schmied seines eigenen Glückes sein müsse, solle und könne, und zwar ohne viel Gezappel und Geschrei.
Ruhig, mit nur wenigen Meisterschlägen schmiede der rechte Mann sein Glück! war seine öftere Rede, womit er nicht etwa die Erreichung bloß des Notwendigen, sondern überhaupt alles Wünschenswerten und Überflüssigen verstand.
So hatte er denn als zarter Jüngling schon den ersten seiner Meisterstreiche geführt und seinen Taufnamen Johannes in das englische John umgewandelt, um sich von vornherein für das Ungewöhnliche und Glückhafte zuzubereiten, da er dadurch von allen übrigen Hansen abstach und überdies einen angelsächsisch unternehmenden Nimbus erhielt.
Darauf verharrte er einige Jährchen ruhig, ohne viel zu lernen oder zu arbeiten, aber auch ohne über die Schnur zu hauen, sondern klug abwartend.
Als jedoch das Glück auf den ausgeworfenen Köder nicht anbeißen wollte, tat er den zweiten Meisterschlag und verwandelte das i in seinem Familiennamen Kabis in ein y. Dadurch erhielt dies Wort (anderwärts auch Kapes), welches Weißkohl bedeutet, einen edlern und fremdartigern Anhauch, und John Kabys erwartete nun mit mehr Berechtigung, wie er glaubte, das Glück.
Allein es vergingen abermals mehrere Jahre, ohne daß selbiges sich einstellen wollte, und schon näherte er sich dem einunddreißigsten, als er sein nicht bedeutendes

Erbe mit aller Mäßigung und Einteilung endlich doch aufgezehrt hatte. Jetzt begann er aber sich ernstlich zu regen und sann auf ein Unternehmen, das nicht für den Spaß sein sollte. Schon oft hatte er viele Seldwyler um ihre stattlichen Firmen beneidet, welche durch Hinzufügen des Frauennamens entstanden. Diese Sitte war einst plötzlich aufgekommen, man wußte nicht wie und woher; aber genug, sie schien den Herren vortrefflich zu den roten Plüschwesten zu passen, und auf einmal erklang das ganze Städtchen an allen Ecken von pompösen Doppelnamen. Große und kleine Firmatafeln, Haustüren, Glockenzüge, Kaffeetassen und Teelöffel waren damit beschrieben, und das Wochenblatt strotzte eine Zeitlang von Anzeigen und Erklärungen, deren einziger Zweck das Anbringen der Alliance-Unterschrift war. Insbesondere gehörte es zu den ersten Freuden der Neuverheirateten, alsobald irgendein Inserat von Stapel laufen zu lassen. Dabei gab es auch mancherlei Neid und Ärgernis; denn wenn etwa ein schwärzlicher Schuster oder sonst für gering Geachteter durch Führung solchen Doppelnamens an der allgemeinen Respektabilität teilnehmen wollte, so wurde ihm das mit Naserümpfen übel vermerkt, obgleich er im legitimsten Besitze der anderen Ehehälfte war. Immerhin war es nicht ganz gleichgültig, ob ein oder mehrere Unbefugte durch dieses Mittel in das allgemeine vergnügte Kreditwesen eindrangen, da erfahrungsgemäß die geschlechterhafte Namensverlängerung zu den wirksameren, doch zartesten Maschinenteilchen jenes Kreditwesens gehörte.

Für John Kabys aber konnte der Erfolg einer solchen Hauptveränderung nicht zweifelhaft sein. Die Not war jetzt gerade groß genug, um diesen lang aufge-

sparten Meisterstreich zur rechten Stunde zu führen, wie es einem alten Schmied seines Glückes geziemt, der da nicht in den Tag hinein hämmert, und John sah demgemäß nach einer Frau aus, still, aber entschlossen. Und siehe! schon der Entschluß schien das Glück endlich heraufzubeschwören; denn noch in derselben Woche langte an, wohnte in Seldwyla mit einer mannbaren Tochter eine ältere Dame und nannte sich Frau Oliva, die Tochter Fräulein Oliva. Kabys-Oliva! klang es sogleich in Johns Ohren und widerhallte es in seinem Gemüte! Mit einer solchen Firma ein bescheidenes Geschäft begründet, mußte in wenig Jahren ein großes Haus daraus werden. So machte er sich denn weislich an die Sache, ausgerüstet mit allen seinen Attributen.
Diese bestanden in einer vergoldeten Brille, in drei emaillierten Hemdeknöpfen, durch goldene Kettchen unter sich verbunden, in einer langen goldenen Uhrkette, welche eine geblümte Weste überkreuzte, mit allerlei Anhängseln, in einer gewaltigen Busennadel, welche als Miniaturgemälde eine Darstellung der Schlacht von Waterloo enthielt, ferner in drei oder vier großen Ringen, einem großen Rohrstock, dessen Knopf ein kleiner Operngucker bildete in Gestalt eines Perlmutterfäßchens. In den Taschen trug, zog hervor und legte er vor sich hin, wenn er sich setzte: ein großes Futteral aus Leder, in welchem eine Zigarrenspitze ruhte, aus Meerschaum geschnitzt, darstellend den aufs Pferd gebundenen Mazeppa; diese Gruppe ragte ihm, wenn er rauchte, bis zwischen die Augbrauen hinauf und war ein Kabinettsstück; ferner eine rote Zigarrentasche mit vergoldetem Schloß, in welcher schöne Zigarren lagen mit kirschrot und weiß getigertem Deckblatt, ein abenteuerlich elegantes Feuerzeug, eine sil-

berne Tabaksdose und eine gestickte Schreibtafel. Auch führte er das komplizierteste und zierlichste aller Geldtäschchen mit unendlich geheimnisvollen Abteilungen.
Diese sämtliche Ausrüstung war ihm die Idealausstattung eines Mannes im Glücke; er hatte dieselbe, als kühn entworfenen Lebensrahmen, im voraus angeschafft, als er noch an seinem kleinen Vermögen geknabbert, aber nicht ohne einen tiefern Sinn. Denn solche Anhäufung war jetzt nicht sowohl das Behänge eines geschmacklosen eitlen Mannes als vielmehr eine Schule der Übung, der Ausdauer und des Trostes zur Zeit des Unsterns sowie eine würdige Bereithaltung für das endlich einkehrende Glück, welches ja kommen konnte wie ein Dieb in der Nacht. Lieber wäre er verhungert, als daß er das geringste seiner Zierstücke veräußert oder versetzt hätte; so konnte er weder vor der Welt noch vor sich selbst für einen Bettler gelten und lernte das Äußerste erdulden, ohne an Glanz einzubüßen. Ebenso war, um nichts zu verlieren, zu verderben, zu zerbrechen oder in Unordnung zu bringen, eine fortwährend ruhige und würdevolle Haltung geboten. Kein Räuschchen und keine andere Aufregung durfte er sich gestatten, und wirklich besaß er seinen Mazeppa schon seit zehn Jahren, ohne daß an dem Pferde ein Ohr oder der fliegende Schweif abgebrochen wäre, und die Häkchen und Ringelchen an seinen Etuis und Necessaires schlossen noch so gut als am Tage ihrer Schöpfung. Auch mußte er zu all dem Schmucke Rock und Hut säuberlich schonen, sowie er auch stets ein blankes Vorhemdchen zu besitzen wußte, um seine Knöpfe, Kettchen und Nadeln auf weißem Grunde zu zeigen.

Freilich lag eigentlich mehr Mühe darin als er in seinem Spruche von den wenigen Meisterschlägen zugestehen wollte; allein man hat ja immer die Werke des Genies fälschlich für mühelos ausgegeben.
Wenn nur die beiden Frauenzimmer das Glück waren, so ließ es sich nicht ungern in dem ausgespannten Netze des Meisters fangen, ja er schien ihnen mit seiner Ordentlichkeit und seinen vielen Kleinodien gerade der Mann zu sein, den zu suchen sie ins Land gekommen waren. Sein geregelter Müßiggang deutete auf einen behaglichen und sichern Zinsleinpicker oder Rentier, der seine Werttitel gewiß in einem artigen Kästchen aufbewahrte. Sie sprachen einiges von ihrem eigenen wohlbestellten Wesen; als sie aber merkten, daß Herr Kabys nicht viel Gewicht darauf zu legen schien, hielten sie klüglich inne und ihre Persönlichkeit für das, was diesen guten Mann allein anziehe. Kurz, in wenig Wochen war er mit dem Fräulein Oliva verlobt, und gleichzeitig reiste er nach der Hauptstadt, um eine reichverzierte Adreßkarte mit dem herrlichen Doppelnamen stechen zu lassen, anderseits ein prächtiges Firmaschild zu bestellen und einige Handelsverbindungen mit Kredit für ein Geschäft mit Ellenwaren zu eröffnen. Im Übermut kaufte er gleich noch zwei oder drei Ellenstäbe von poliertem Pflaumenholz, einige Dutzend Wechselformulare mit vielen merkurialischen Emblemen, Preiszettel und kleine Papierchen mit goldenem Rande zum Aufkleben, Handlungsbücher und derartiges mehr.
Vergnügt eilte er wieder in seine Heimatstadt und zu seiner Braut, deren einziger Fehler ein etwas unverhältnismäßig großer Kopf war. Freundlich, zärtlich wurde er empfangen und seinem Reiseberichte die Er-

öffnung entgegengesetzt, daß die Papiere der Braut, so für die Hochzeit erforderlich waren, angekommen seien. Doch geschah diese Eröffnung mit einer lächelnden Zurückhaltung, wie wenn er auf eine zwar unbedeutende, aber immerhin nicht ganz ordnungsgemäße Nebensache müßte vorbereitet werden. Alles dies ging endlich vorüber, und es ergab sich, daß die Mutter allerdings eine verwitwete Dame Oliva, die Tochter hingegen ein außereheliches Kind von ihr war aus ihrer Jugendzeit und ihren eigenen Familiennamen trug, wenn es sich um amtliche und zivilrechtliche Dinge handelte. Dieser Name war: Häuptle! Die Braut hieß: Jungfer Häuptle, und die künftige Firma also: »John Kabys-Häuptle«, zu deutsch: »Hans Kohlköpfle«.
Sprachlos stand der Bräutigam eine gute Weile, die unselige Hälfte seines neuesten Meisterwerkes betrachtend; endlich rief er: »Und mit einem solchen Hauptkopfschädel kann man Häuptle heißen!« Erschrocken und demütig senkte die Braut ihr Häuptlein, um das Gewitter vorübergehen zu lassen; denn noch ahnte sie nicht, daß die Hauptsache an ihr für Kabyssen jener schöne Name gewesen sei.
Herr Kabys schlechtweg aber ging ohne weiteres nach seiner Behausung, um sich den Fall zu überlegen; allein schon auf dem Wege riefen ihm seine lustigen Mitbürger Hans Kohlköpfle zu, da das Geheimnis bereits verraten war. Drei Tage und drei Nächte suchte er das gefehlte Werk in tiefer Einsamkeit umzuschmieden. Am vierten Tage hatte er seinen Entschluß gefaßt, ging wieder dorthin und begehrte die Mutter statt der Tochter zur Ehe. Allein die entrüstete Frau hatte nun ihrerseits in Erfahrung gebracht, daß Herr Kabys gar kein Mahagonikästchen mit Werttiteln besitze, und

wies ihm schnöde die Türe, worauf sie mit ihrer Tochter um ein Städtchen weiter zog.
So sah Herr John das glänzende Oliva entschwinden wie eine schimmernde Seifenblase im Ätherblau, und höchst betreten hielt er seinen Glücksschmiedehammer in der Hand. Seine letzte Barschaft war über diesem Handel fortgegangen. Daher mußte er sich endlich entschließen, etwas Wirkliches zu arbeiten oder wenigstens zur Grundlage seines Daseins zu machen, und indem er sich so hin und her prüfte, konnte er gar nichts als vortrefflich rasieren, ebenso die Messer dazu im Stande halten und scharf machen. Nun stellte er sich auf mit einem Bartbecken und in einem schmalen Stübchen zu ebener Erde, über dessen Türe er ein »John Kabys« befestigte, welches er aus jener stattlichen Firmatafel eigenhändig herausgesägt und von dem verlorenen Oliva wehmütig abgetrennt hatte. Der Spitzname Kohlköpfle blieb ihm jedoch in der Stadt und führte ihm manchen Kunden zu, so daß er mehrere Jahre lang ganz leidlich dahinlebte, Gesichter schabend und Messer abziehend, und seinen übermütigen Wahlspruch fast ganz zu vergessen schien.
Da sprach eines Tages ein Bürger bei ihm ein, der soeben von langen Reisen zurückgekehrt war und jetzt nachlässig, indem er sich zum Einseifen setzte, hinwarf: »So gibt es, wie ich aus Ihrem Schilde ersehe, doch noch Kabisse in Seldwyla?« »Ich bin der Letzte meines Geschlechtes«, erwiderte der Barbier nicht ohne Würde, »doch warum frugen Sie das, wenn ich fragen darf?« Der Fremde schwieg jedoch, bis er barbiert und gesäubert, und erst als alles beendigt und der Ehrensold entrichtet war, fuhr er fort: »In Augsburg kannte ich einen alten reichen Kauz, welcher öfter versicherte,

seine Großmutter sei eine geborene Kabis von Seldwyla in der Schweiz gewesen, und es nehme ihn höchlich wunder, ob da noch Leute dieses Geschlechtes lebten.«
Hierauf entfernte sich der Mann.
Hans Kohlköpfle dachte nach und dachte nach und kam in eine große Aufregung, als er sich endlich dunkel erinnerte, daß eine Vorfahrin von sich wirklich vor langen Jahren nach Deutschland verheiratet haben sollte, die seither verschollen war. Ein rührendes Familiengefühl erwachte plötzlich in ihm, ein romantisches Interesse für Stammbäume, und es ward ihm bange, ob der Gereiste auch wiederkommen würde. Nach der Art seines Bartwuchses mußte er in zwei Tagen wieder erscheinen. In der Tat kam der Mann pünktlich um diese Zeit. John seifte ihn ein und schabte ihn beinahe zitternd vor Neugierde. Als er fertig war, platzte er heraus und erkundigte sich angelegentlich nach den näheren Umständen. Der Mann sagte: Es ist einfach ein Herr Adam Litumlei, hat eine Frau, aber keine Kinder, und wohnt in der und der Straße zu Augsburg.
John beschlief sich den Handel noch eine Nacht und faßte in derselben den Mut, doch noch tüchtig glücklich zu werden. Am nächsten Morgen schloß er seinen Ladenstreifen, packte seinen Sonntagsanzug in einen alten Tornister und alle seine wohlerhaltenen Wahrzeichen in ein besonderes Paketlein, und nachdem er sich mit hinlänglichen Ausweisschriften und pfarrbücherlichen Auszügen versehen, trat er unverweilt die Reise nach Augsburg an, still und unscheinbar, wie ein älterer Handwerksbursche.
Als er die Türme und die grünen Wälle der Stadt vor

sich sah, überzählte er seine Barschaft und fand, daß er sich sehr knapp halten müsse, wenn er im ungünstigen Falle den Rückweg wieder bestehen wolle. Darum kehrte er in der bescheidensten Herberge ein, welche er nach einigem Suchen auffinden konnte; er trat in die Gaststube und sah verschiedene Handwerkszeichen über den Tischen hangen, worunter auch dasjenige der Schmiede. Unter dieses setzte er sich als ein Schmied seines Glückes, der guten Vorbedeutung wegen, und stärkte sein Leibliches durch ein Frühstück, da es noch zeitig am Tage. Dann ließ er sich ein eigenes Kämmerchen geben, wo er sich umkleidete. Er stutzte sich auf jegliche Weise auf und behing sich mit dem ganzen Zierat; auch schraubte er das Perspektivfäßchen auf den Stock. So trat er aus der Kammer hervor, daß die Wirtin erschrak ob all der Pracht.
Es dauerte ziemlich lang, eh er die Straße fand, nach der sein Herz begehrte. Doch endlich sah er sich in einer weiten Gasse, worin mächtige alte Häuser standen; aber kein lebendes Wesen war zu erblicken. Endlich wollte doch ein Mägdlein mit einem blanken schäumenden Kännchen Bier an ihm vorüberhuschen. Er hielt es fest und fragte nach Herrn Adam Litumlei, und das Mädchen zeigte ihm das Haus, vor welchem er gerade stand.
Neugierig schaute er daran hinauf. Über einem ansehnlichen Portale türmten sich mehrere Stockwerke mit hohen Fenstern empor, deren starke Gesimse und Profile ein senkrechtes Meer von kühnen Verkürzungen vor dem Auge des armen Glücksuchers ausbreiteten, so daß es ihm fast bänglich wurde und er befürchtete, eine zu großartige Sache unternommen zu haben; denn er stand vor einem förmlichen Palast.

Dennoch drückte er sachte an dem schweren Torflügel, schlüpfte hinein und befand sich in einem prächtigen Treppenhaus. Eine steinerne Doppeltreppe baute sich mit breiten Absätzen in die Höhe, von einem reich geschmiedeten Geländer eingefaßt. Unter der Treppe hindurch und durch die hintere offene Haustüre sah man Sonnenschein und Blumenbeete. John ging leise dahin, um vielleicht einen Dienstboten oder einen Gärtner zu finden, sah aber nichts als einen großen altfränkischen Garten, der voll der schönsten Blumen war, sowie einen steinernen Brunnen mit vielen Figuren.
Alles war wie ausgestorben; er ging wieder zurück und begann die Treppe hinaufzusteigen. An den Wänden hingen große vergilbte Landkarten, Pläne alter Reichsstädte mit ihren Festungswerken, mit stattlichen allegorischen Darstellungen in den Ecken. Eine eichene Türe unter mehreren war bloß angelehnt; der Eindringling öffnete sie zur Hälfte und sah eine ziemlich hübsche Frau auf einem Ruhebette ausgestreckt, welcher das Strickzeug entfallen war und die ein geruhiges Schläfchen tat, obgleich es erst zehn Uhr vormittags war. Mit klopfendem Herzen hielt John Kabys, da das Zimmer sehr tief war, seinen Stock ans Auge und betrachtete die Erscheinung durch das Perspektivchen von Perlmutter; das seidene Kleid, die rundlichen Formen der Schläferin ließen ihm das Haus immer mehr wie ein verzaubertes Schloß erscheinen, und höchst gespannt zog er sich zurück und stieg weiter hinauf, sachte und vorsichtig.
Zuoberst war das Treppenhaus eine ordentliche Rüstkammer, da es behangen war mit Rüstungen und Waffen aus allen Jahrhunderten; rostige Panzerhemden,

Eisenhüte, Galakürasse aus der Zopfzeit, Schlachtschwerter, vergoldete Luntenstäbe, alles hing durcheinander, und in den Ecken standen ziervolle kleine Geschütze, grün vor Alter. Kurz, es war das Treppenhaus eines großen Patriziers, und Herrn John wurde es feierlich zumute.
Da ließ sich plötzlich eine Art Geschrei vernehmen, ganz in der Nähe, wie von einem größern Kinde, und als es nicht aufhörte, benutzte John den Anlaß, ihm nachzugehen und so zu Leuten zu kommen. Er öffnete die nächste Türe und sah einen weitläufigen Ahnensaal, von unten bis oben mit Bildnissen angefüllt. Der Boden bestand aus sechseckigen Fliesen verschiedener Farbe, die Decke aus Gipsstukkaturen mit lebensgroßen, fast frei schwebenden Menschen- und Tiergestalten, Fruchtkränzen und Wappen. Vor einem zehn Fuß hohen Kaminspiegel aber stand ein winziges eisgraues Greischen, nicht schwerer als ein Zicklein, in einem Schlafrock von scharlachrotem Sammet, mit eingeseiftem Gesicht. Das strampelte vor Ungeduld, schrie weinerlich und rief: »Ich kann mich nicht mehr rasieren! Ich kann mich nicht mehr rasieren! Mein Messer schneid't nicht! Niemand hilft mir, o je, o je!« Als es im Spiegel den Fremden sah, schwieg es still, kehrte sich um und sah mit dem Messer in der Hand verblüfft und furchtsam auf Herrn John, welcher, den Hut in der Hand, mit vielen Bücklingen vordrang, den Hut abstellte, lächelnd dem Männchen das Messer aus der Hand nahm und dessen Schneide prüfte. Er zog sie einigemal auf seinem Stiefel, dann auf dem Handballen ab, prüfte hierauf die Seife und schlug einen dichtern Schaum, kurz er barbierte das Männchen in weniger als drei Minuten aufs herrlichste.

»Verzeihen Sie, hochgeehrter Herr!« sagte hierauf Kabys, »die Freiheit, die ich mir genommen habe! Allein da ich Sie in solcher Verlegenheit sah, glaubte ich mich dergestalt auf die natürlichste Weise bei Ihnen einzuführen, insofern ich etwa die Ehre habe, vor Herren Adam Litumlei zu stehen.«
Das Alterchen betrachtete noch immer erstaunt den Fremden; dann schaute es in den Spiegel und fand sich sauber rasiert, wie lange nicht mehr, worauf es, Wohlgefallen mit Mißtrauen vermischend, den Künstler abermals besah und mit Zufriedenheit wahrnahm, daß es ein anständiger Fremder sei. Doch fragte es mit immer noch unwirschem Stimmchen, wer er sei und was er wolle?
John räusperte sich und versetzte: er sei ein gewisser Kabys aus Seldwyla, und da er sich gerade auf Reisen befinde und hiesige Stadt passiere, so habe er nicht versäumen wollen, die Nachkommen einer Ahne seines Hauses aufzusuchen und zu begrüßen. Und er tat, als ob er von Kindheit auf nur von Herren Litumlei sprechen gehört hätte. Dieser war auf einmal freudig überrascht und rief freundlich und wohlgemut:
»Ha! so blüht also das Geschlecht der Kabisse noch! Ist es zahlreich und angesehen?«
John hatte schon gleich einem Wandergesellen, der vor dem Torschreiber steht, seine Schriften ausgepackt und vorgelegt. Indem er auf sie wies, sprach er ernst: »Zahlreich ist es nicht mehr, denn ich bin der Letzte des Geschlechtes! Aber seine Ehre steht noch unbewegt!«
Erstaunt und gerührt ob solchen Reden bot ihm der Alte die Hand und hieß ihn willkommen. Die beiden Herren verständigten sich schnell über den Grad ihrer Verwandtschaft; abermals rief Litumlei: »So nahe be-

rühren sich unsere Lebenszweige! Kommen Sie, lieber Vetter, hier sehen Sie Ihre edle und treffliche Urgroßtante, meine leibliche Großmama!« Und er führte ihn im mächtigen Saale umher, bis sie vor einem schönen Frauenbilde standen in der Tracht des vorigen Jahrhunderts. In der Tat bezeichnete ein Papierkärtchen, welches in der Ecke des Rahmens befestigt war, die besagte Dame, so wie auch eine Anzahl der andern Bildnisse mit solchen Zetteln versehen war. Freilich zeigten die Gemälde selbst noch andere Inschriften in lateinischer Sprache, welche mit den angehefteten Papierchen nicht übereinstimmten. Aber John Kabys stand und stand und überlegte in seinem Innern: »So hast du denn doch gut geschmiedet! Denn hier blickt auf dich hernieder, hold und freundlich, die Ahnfrau deines Glückes im reichen Rittersaal!«

Melodisch zu dieser Selbstansprache klangen die Worte des Herren Litumlei, welcher sagte, daß nun von einer Weiterreise keine Rede sein dürfe, sondern der werteste Vetter zur Begründung eines engern Verhältnisses vorerst, solange als dessen Zeit es erlaube, sein Gast sein müsse. Denn das flunkernde Ziergeräte des Herren Großneffen, welches ihm schon in die Augen gefallen, versah trefflich seinen Dienst und erfüllte ihn mit Vertrauen.

Darum zog er jetzt mit aller Macht an einer Glocke, worauf allmählich einige Dienstboten herbeischlurften, um nach ihrem kleinen Gebieter zu sehen, und endlich erschien auch die Dame, welche im ersten Stock geschlafen hatte, noch gerötet von ihrem Schläfchen und mit halboffenen Augen. Als ihr aber der angekommene Gast vorgestellt wurde, tat sie dieselben ganz auf, neugierig und vergnüglich, wie es schien, über die unerwartete Begebenheit. John wurde nun in andere Räume geführt und mußte eine gehörige Erfrischung einnehmen, wobei ihm das Ehepaar so eifrig half wie Kinder, die zu jeder Stunde Eßlust haben. Dies gefiel dem Gast über die Maßen, da er sah, daß es Leute waren, die sich nichts abgehen ließen und welche noch Freude an den guten Dingen hätten. Seinerseits aber verfehlte er auch nicht, stündlich einen angenehmern Eindruck zu machen, ja schon beim bald folgenden Mittagessen stellte sich derselbe entschieden fest, als jedes der beiden Leutchen seine eigenen Leibgerichte auftragen ließ und John Kabys von allem aß und alles trefflich fand und seine angewöhnte ruhige Würde seinem Urteil einen noch höhern Wert gab. Es wurde aufs rühmlichste gegessen und getrunken, und noch nie genossen drei wackere Leute zusammen ein reichlicheres und zugleich schuldloseres Dasein. Es war für John ein Paradies, in welchem kein Sündenfall möglich schien. Genug, es begab sich alles auf das beste. Bereits lebte er acht Tage in dem ehrwürdigen Hause und kannte dasselbe schon in allen Ecken. Er vertrieb dem Alten die Zeit auf tausenderlei Weise, ging mit ihm spazieren und rasierte ihn so leicht wie ein Zephir, was dem Männchen vor allem aus gefiel. John merkte, daß Herr Litumlei über irgend etwas nachzusinnen begann und erschrak, wenn jener von seiner Abreise sprach, was er etwa in ernsten Andeutungen tat. Da fand er, es sei Zeit, jetzt wieder einen kleinen Meisterschlag zu wagen, und kündigte seinem Gönner am Ende des achten Tages deutlicher seine demnächstige Abreise an, zum Grunde nehmend, daß er sich durch längeres Zaudern den Abschied und die Gewöhnung an ein einfacheres Leben nicht erschweren dürfe. Denn männlich wolle er

sein Schicksal ertragen, das Schicksal eines Letzten seines Geschlechtes, der da in strenger Arbeit und Zurückgezogenheit die Ehre des Hauses bis zum Erlöschen zu wahren habe.
»Kommen Sie mit mir hinauf, in den Rittersaal!« erwiderte Herr Adam Litumlei; sie gingen; als dort der Alte einigemal feierlich auf und ab gewandelt, begann er wieder: »Hören Sie meinen Entschluß und meinen Vorschlag, lieber Großneffe! Sie sind der Letzte Ihres Geschlechtes, es ist dies ein ernstes Schicksal! Allein ein nicht minder ernstes habe ich zu tragen! Blicken Sie mich an, wohlan! Ich bin der Erste des meinigen!«
Stolz richtete er sich auf, und John sah ihn an, konnte aber nicht entdecken, was das heißen sollte. Aber jener fuhr fort: »Ich bin der Erste des meinigen will soviel heißen als: Ich habe mich entschlossen, ein solch großes und rühmliches Geschlecht zu gründen, wie Sie hier an den Wänden dieses Saales gemalt sehen! Dieses sind nämlich nicht meine Ahnen, sondern die Glieder eines ausgestorbenen Patriziergeschlechtes dieser Stadt. Als ich vor dreißig Jahren hier einwanderte, war das Haus mit all seinem Inhalt und seinen Denkmälern eben käuflich und ich erstand sogleich den ganzen Apparat als Grundlage zur Verwirklichung meines Lieblingsgedankens. Denn ich besaß ein großes Vermögen, aber keinen Namen, keine Vorfahren, und ich kenne nicht einmal den Taufnamen meines Großvaters, welcher eine Kabis geheiratet hat. Ich entschädigte mich anfänglich damit, die hier gemalten Herren und Frauen als meine Vorfahren zu erklären und einige zu Litumleis, andere zu Kabissen zu machen mittelst solcher Zettel, wie Sie sehen; doch meine Familienerinnerungen reichten nur für sechs oder sieben Personen aus, die

übrige Menge dieser Bilder, das Ergebnis von vier Jahrhunderten, spottete meiner Bestrebungen. Um so dringender war ich an die Zukunft gewiesen, an die Notwendigkeit, selbst ein lang andauerndes Geschlecht zu stiften, dessen gefeierter Stammvater ich bin. Mein Bild habe ich längst anfertigen lassen, sowie einen Stammbaum, an dessen Wurzel mein Name steht. Aber ein hartnäckiger Unstern verfolgt mich! Schon habe ich die dritte Frau, und noch hat mir keine ein Mädchen, geschweige denn einen Sohn und Stammhalter geschenkt. Die beiden früheren Weiber, von denen ich mich scheiden ließ, haben seither mit andern Männern aus Bosheit verschiedene Kinder gehabt, und die gegenwärtige, welche ich auch schon sieben Jahre besitze, würde es gewißlich geradeso machen, wenn ich sie laufen ließe.

Ihre Erscheinung, teurer Großneffe! hat mir nun eine Idee eingegeben, diejenige einer künstlichen Nachhilfe, wie sie in der Geschichte, in großen und kleinen Dynastien, vielfach gebraucht wurde. Was sagen Sie hiezu: Sie leben bei uns wie das Kind im Hause, ich setze Sie gerichtlich zu meinem Erben ein! Dagegen haben Sie zu leisten: Sie opfern äußerlich Ihre eigene Familienüberlieferung (sind Sie ja doch der Letzte Ihres Geschlechtes) und nehmen nach meinem Tode, d. h. bei Antritt des Erbes, meinen Namen an! Ich verbreite unter der Hand das Gerücht, daß Sie ein natürlicher Sohn von mir seien, die Frucht eines tollen Jugendstreiches; Sie nehmen diese Auffassung an, widersprechen ihr nicht! Vielleicht läßt sich in der Folge eine schriftliche Kundgebung darüber aufsetzen, ein Memoire, ein kleiner Roman, eine denkwürdige Liebesgeschichte, worin ich eine feurige, wenn auch unbe-

sonnene Figur mache, Unheil anrichte, das ich im Alter wiedergutmache. Endlich verpflichten Sie sich, diejenige Gattin von meiner Hand anzunehmen, die ich unter den angesehenen Töchtern der Stadt für Sie aussuchen werde, zur weiteren Verfolgung meines Zieles. Das ist im ganzen und im besondern mein Vorschlag!«
John war während dieser Rede abwechselnd rot und bleich geworden, aber nicht aus Scham und Schreck, sondern vor Freude und Erstaunen über das endlich eingetroffene Glück und über seine eigene Weisheit, welche dasselbe herbeigeführt habe. Aber mitnichten ließ er sich davon überrumpeln, sondern er tat, als ob er sich nur schwer entschließen könnte wegen der Aufopferung seines ehrbaren Familiennamens und seiner ehelichen Geburt. Er nahm sich eine Bedenkzeit von vierundzwanzig Stunden, in höflichen und wohlgesetzten Worten, und fing darnach an, in dem schönen Garten höchst nachdenklich auf und ab zu spazieren. Die lieblichen Blumen, die Levkojen, Nelken und Rosen, die Kaiserkronen und Lilien, die Geranienbeete und Jasminlauben, die Myrten- und Oleanderbäumchen, alle äugelten ihn höflich an und huldigten ihm als ihrem Herren.
Als er eine halbe Stunde lang den Duft und Sonnenschein, den Schatten und die Frische des Brunnens genossen, ging er ernsthaft hinaus auf die Straße, um die Ecke, und trat in einen Gebäckladen, wo er drei warme Pastetchen samt zwei Spitzgläsern feinen Weines zu sich nahm. Hierauf kehrte er in den Garten zurück und spazierte abermals eine halbe Stunde, doch diesmal eine Zigarre dazu rauchend. Da entdeckte er ein Beet voll kleiner zarter Radieschen. Er zog ein Bü-

schel davon aus der Erde, reinigte sie am Brunnen, dessen steinerne Tritonen ihn mit den Augen ergebenst anzwinkerten, und begab sich damit in ein kühles Bräuhaus, wo er einen Krug schäumendes Bier dazu trank. Er unterhielt sich vortrefflich mit den Bürgern und versuchte schon, seinen Heimatdialekt in das weichere Schwäbische umzuwandeln, da er voraussichtlich unter diesen Leuten einen hervorragenden Mann abgeben würde.
Absichtlich versäumte er die Mittagsstunde und verspätete sich beim Essen. Um dort eine kritische Appetitlosigkeit durchzuführen, aß er vorher noch drei Münchner Weißwürste und trank einen zweiten Krug Bier, der ihm noch besser schmeckte als der erste. Endlich runzelte er doch seine Stirn und begab sich mit derselben zum Essen, wo er die Suppe anstarrte.
Das Männchen Litumlei, welches durch unerwartete Hindernisse einem leidenschaftlichen Eigensinn zu verfallen pflegte und keinen Widerspruch ertragen konnte, empfand schon zornige Angst, daß seine letzte Hoffnung, ein Geschlecht zu gründen, zu Wasser werde, und beobachtete den unbestechlichen Gast mit mißtrauischen Blicken. Endlich ertrug er die Ungewißheit, ob er ein Stammvater sein solle oder keiner, nicht länger, sondern forderte den Bedenkzeitler auf, jene vierundzwanzig Stunden abzukürzen und seinen Entschluß sogleich zu fassen. Denn er fürchtete, die strenge Tugend seines Vetters möchte mit jeder Stunde wachsen. Er holte eigenhändig eine uralte Flasche Rheinwein aus dem Keller, von welchem John noch keine Ahnung gehabt. Als die entfesselten Sonnengeister unsichtbar über den Kristallgläsern dufteten, die gar fein erklangen, und mit jedem Tropfen des flüssigen Goldes, das

man auf die Zunge brachte, schnell ein Blumengärtlein unter die Nase zu wachsen schien, da erweichte endlich der rauhe Sinn John Kabyssens und er gab sein Jawort. Schnell wurde der Notar geholt und bei einem herrlichen Kaffee ein rechtsgültiges Testament aufgesetzt. Schließlich umarmten sich der künstlich-natürliche Sohn und der geschlechtergründende Erzvater; aber es war nicht wie eine warme Umarmung von Fleisch und Blut, sondern weit feierlicher, eher wie das Zusammenstoßen von zwei großen Grundsätzen, die auf ihren Wurfbahnen sich treffen.

Nun saß John im Glücke. Er hatte jetzt weiter nichts zu tun als seiner angenehmen Bestimmung innezusein, etwas rücksichtsvoll sich gegen seinen Herren Vater zu benehmen und ein reichliches Taschengeld auf die Art zu verzehren, die ihm am meisten zusagte. Dies geschah alles auf die anständigste und ruhigste Weise, und er kleidete sich dabei wie ein Baron. Von Wertgegenständen brauchte er nicht einen einzigen mehr anzuschaffen; es zeigte sich jetzt sein Genie, indem die vor Jahren erworbenen auch jetzt noch gerade ausreichten und einem genau entworfenen Schema glichen, welches durch die Fülle des Glückes nun vollkommen gedeckt wurde. Die Schlacht von Waterloo blitzte und donnerte auf einer zufriedenen Brust; Ketten und Klunkern schaukelten sich auf einem wohlgefüllten Magen, durch die goldene Brille guckte ein vergnügtes und stolzes Auge, der Stock zierte mehr einen klugen Mann als er ihn stützte, und die schöne Zigarrentasche war mit guten Stengeln angefüllt, welche er aus dem Mazepparöhrchen mit Verstand rauchte. Das wilde Pferd war schon glänzend braun, der Mazeppa darauf aber erst hell rötlich, beinahe fleischfarbig, so daß das doppelte Kunstwerk des Schnitzers und des Rauchers die gerechte Bewunderung der Sachverständigen erregte. Auch Papa Litumlei wurde höchlich davon eingenommen und lernte bei seinem Pflegesöhnchen eifrig Meerschäume anrauchen. Es wurde eine ganze Sammlung solcher Pfeifen angeschafft; doch der Alte war zu unruhig und ungeduldig in der edlen Kunst; der Junge mußte überall nachhelfen und gutmachen, was jenem wiederum Achtung und Zutrauen einflößte.

Jedoch fand sich bald eine noch wichtigere Tätigkeit für die beiden Männer vor, als der Papa darauf drang, nun gemeinschaftlich jenen Roman zu erfinden und aufzuschreiben, durch welchen John zu seinem natürlichen Sohn erhoben wurde. Es sollte ein geheimes Familiendokument werden in der Form fragmentarischer Denkwürdigkeiten. Um Eifersucht und Unruhe der Frau Litumlei zu verhüten, mußte es in geheimen Sitzungen abgefaßt und sollte ganz im stillen in das zu gründende Familienarchiv verschlossen werden, um erst in künftigen Zeiten, wenn das Geschlecht in Blüte stände, an das Tageslicht zu treten und von der Geschichte des Litumleiblutes zu reden.

John hatte sich schon vorgenommen, nach dem Absterben des Alten sich nicht schlechtweg Litumlei, sondern Kabys de Litumley zu nennen, da er für seinen eigenen Namen, den er so zierlich geschmiedet, eine verzeihliche Vorliebe hegte; ebenso nahm er sich vor, das zu errichtende Schriftstück, wodurch er um seine ehrliche Geburt und zu einer liederlichen Mutter kommen sollte, dereinst ohne weiteres zu verbrennen. Aber dennoch mußte er jetzt daran mitarbeiten, was eine leise Trübung seines Wohlseins verursachte. Doch schickte er sich weislich in die Sache und schloß sich

eines Morgens mit dem Alten in einem Gartenzimmer ein, um das Werk zu beginnen. Da saßen sie nun an einem Tische sich gegenüber und entdeckten plötzlich, daß ihr Vorhaben schwieriger war, als sie gedacht, indem keiner von ihnen je hundert Zeilen nacheinander geschrieben hatte. Sie konnten durchaus keinen Anfang finden, und je näher sie die Köpfe zusammensteckten, desto weniger wollte ihnen etwas einfallen. Endlich besann sich der Sohn, daß sie eigentlich zuerst ein Buch starkes und schönes Papier haben müßten, um ein dauerhaftes Schriftstück zu errichten. Das leuchtete ein; sie machten sich sogleich auf, ein solches zu kaufen, und durchstreiften einträchtig die Stadt. Als sie gefunden, was sie suchten, rieten sie einander, da es ein warmer Tag war, in ein Schenkhaus zu gehen und sich allda zu erfrischen und zu sammeln. Vergnügt tranken sie mehrere Kännchen und aßen Nüsse, Brot, Würstchen, bis John plötzlich sagte, er hätte jetzt den Anfang der Geschichte erfunden und wolle stracks nach Hause laufen, um ihn aufzuschreiben, damit er ihn nicht wieder verliere. »So lauf nur schnell«, sagte der Alte, »ich will unterdessen hier die Fortsetzung erfinden, ich merke, daß sie mir schon auf dem Weg ist!«
John eilte wirklich mit dem Buch Papier nach jenem Zimmer und schrieb:
»Es war im Jahr 17 . ., als es ein gesegnetes Jahr war. Der Eimer Wein kostete 7 Gulden, der Eimer Äpfelmost ½ Gulden und die Maß Kirschbranntwein 4 Batzen. Ein zweipfündiges Weißbrot 1 Batzen, ein ditto Roggenbrot ½ Batzen und ein Sack Erdäpfel 8 Batzen. Auch war das Heu gut geraten, und der Scheffel Haber kostete 2 Gulden. Auch waren die Erbsen und die Bohnen gut geraten, und der Flachs und Hanf

waren nicht gut geraten, dagegen wieder die Ölfrüchte und der Talg oder Unschlitt, so daß alles in allem die merkwürdige Sachlage stattfand, daß die bürgerliche Gesellschaft gut genährt und getränkt, notdürftig gekleidet und wiederum wohl beleuchtet war. So ging das Jahr ohne weiteres zu Ende, wo nun jedermann mit Recht neugierig war zu erleben, wie sich das neue Jahr anlassen würde. Der Winter bezeigte sich als ein gehöriger und regelrechter Winter, kalt und klar; eine warme Schneedecke lag auf den Feldern und schützte die junge Saat. Aber dennoch ereignete sich zuletzt etwas Seltsames. Es schneite, taute und fror wieder während des Monats Hornung in so häufigem Wechsel, daß nicht nur viele Menschen krank wurden, sondern auch eine solche Menge Eiszapfen entstand, daß das ganze Land aussah wie ein großes Glasmagazin und jedermann ein kleines Brett auf dem Kopfe trug, um von den fallenden Spitzen nicht angestochen zu werden. Im übrigen behaupteten sich die Preise der Lebensmittel noch immer wie oben bemerkt und schwankten endlich einem merkwürdigen Frühling entgegen.«

Hier kam der kleine Alte eifrig hergerannt, nahm den Bogen an sich, und ohne das bisher Geschriebene zu lesen oder etwas zu sagen, schrieb er weiter:

»Nun kam Er und hieß Adam Litumlei. Er verstand keinen Spaß und war geboren anno 17... Er kam daher gestürmt wie ein Frühlingswetter. Er war einer von Denjenigen. Er trug einen roten Sammetrock, einen Federhut und einen Degen. Er trug eine goldene Weste mit dem Wahlspruch: Jugend hat keine Tugend! Er trug goldene Sporen und ritt auf einem weißen Hengst; er stellte denselben in den ersten Gasthof und rief: Ich kümmere mich den Teufel darum, denn es ist

Frühling und Jugend muß austoben! Er zahlte alles bar, und alles wunderte sich über ihn. Er trank den Wein, er aß den Braten, er sagte: Das taugt mir alles nichts! Ferner sagte er: Komm, du holdes Liebchen, du taugst mir besser als Wein und Braten, als Silber und Gold! Was kümmere ich mich darum? Denke was du willst, was sein muß, muß sein!«
Hier blieb er plötzlich stecken und konnte durchaus nicht weiter. Sie lasen zusammen das Geschriebene, fanden es nicht übel und sammelten sich wieder während acht Tagen, wobei sie ein lockeres Leben führten; denn sie gingen öfter ins Bierhaus, um einen neuen Anlauf zu gewinnen; allein das Glück lachte nicht alle Tage. Endlich erwischte John wieder einen Zipfel, lief nach Hause und fuhr fort:
»Diese Worte richtete der junge Herr Litumlei nämlich an eine gewisse Jungfrau Liselein Federspiel, welche in den äußersten Häusern der Stadt wohnte, wo die Gärten sind und bald ein Wäldchen oder Hölzchen kommt. Dieses war eine der reizendsten Schönheiten, welche die Stadt je hervorgebracht hat, mit blauen Augen und kleinen Füßen. Sie war so schön gewachsen, daß sie kein Korsett brauchte und aus dieser Ersparnis, denn sie war arm, allmählich ein violettes Seidenkleid kaufen konnte. Aber alles dies war verklärt durch eine allgemeine Traurigkeit, welche nicht nur über die lieblichen Gesichtszüge, sondern über die ganze Gliederharmonie des Fräulein Federspiel zitterte, daß man in aller Windstille die wehmütigen Akkorde einer Äolsharfe zu hören glaubte. Denn es war jetzt ein gar denkwürdiger Maimonat angebrochen, in welchem sich alle vier Jahreszeiten zusammenzudrängen schienen. Es gab im Anfang noch einen Schnee, daß die Nachtigal-

len mit Schneeflocken auf dem Kopfe sangen, als ob sie weiße Zipfelmützchen trügen; dann trat eine solche Wärme ein, daß die Kinder im Freien badeten und die Kirschen reiften, und die Chronik bewahrt davon den Reim auf:

>   Eis und Schnee,
>   Buben baden im See,
>   Reife Kirschen und blühender Wein
>   Mocht' alles in einem Maimond sein.

Diese Naturerscheinungen machten die Menschen nachdenklich und wirkten auf verschiedene Weise. Die Jungfer Liselein Federspiel, welche besonders tiefsinnig war, grübelte auch nach und ward zum ersten Mal inne, daß sie ihr Wohl und Wehe, ihre Tugend und ihren Fall in der eigenen Hand trage, und indem sie nun die Waage hielt und diese verantwortliche Freiheit erwog, ward sie ebenso traurig darüber. Wie sie nun dastand, kam jener verwegene Rotrock und sagte unverweilt: Federspiel, ich liebe dich! Worüber sie durch eine sonderbare Fügung plötzlich ihren vorigen Gedankengang änderte und in ein helles Gelächter ausbrach.«

»Jetzt laß mich fortfahren!« rief der Alte, welcher erhitzt nachgelaufen kam und dem Jungen über die Schulter las, »es paßt mir nun eben recht!« und setzte die Geschichte folgendermaßen fort:

»Da ist nichts zu lachen! sagte jener, denn ich verstehe keinen Spaß! Kurz, es kam, wie es kommen mußte; wo das Wäldchen auf der Höhe stand, saß mein Federspiel im Grünen und lachte noch immer; aber schon sprang der Ritter auf seinen Schimmel und flog so schnell in die Ferne, daß er durch die platzgreifende Luftperspektive in wenig Augenblicken ganz bläulich aussah. Er verschwand, kehrte nicht mehr zurück; denn er war ein Teufelsbraten!«

»Ha, nun ist's geschehen!« schrie Litumlei und warf die Feder hin, »nun habe ich das Meinige getan, führe du nun den Schluß herbei, ich bin ganz erschöpft von diesen höllischen Erfindungen! Beim Styx! Es nimmt mich nicht wunder, daß man die Ahnherren großer Häuser so hoch hält und in Lebensgröße malt, da ich spüre, welche Mühe mich die Gründung des meinigen kostet! Aber habe ich das Ding nicht kühn behandelt?«

John schrieb nun weiter:

»Die arme Jungfer Federspiel empfand eine große Unzufriedenheit, als sie plötzlich vermerkte, daß der verführerische Jüngling entschwunden war, fast gleichzeitig mit dem denkwürdigen Maimonat. Doch hatte sie die Geistesgegenwart, schnell das Vorgefallene in ihrem Innern für ungeschehen zu erklären, um so den frühern Zustand einer gleichschwebenden Waage wiederherzustellen. Aber sie genoß dieses Nachspiel der Unschuld nur kurze Zeit. Der Sommer kam, man schnitt das Korn; es ward einem gelb vor den Augen, wohin man blickte, vor all dem goldnen Segen; die Preise gingen wieder bedeutend herunter, Liselein Federspiel stand auf jenem Hügel und schaute allem zu; aber sie sah nichts vor lauter Verdruß und Reue. Es kam der Herbst, jeder Weinstock war ein fließender Brunnen, vom Fallen der Äpfel und Birnen trommelte es fortwährend auf der Erde; man trank, man sang, kaufte und verkaufte. Jeder versorgte sich, das ganze Land war ein Jahrmarkt, und so reichlich und wohlfeil alles war, so wurde doch das Überflüssige noch gelobt und gehätschelt und dankbar angenommen. Nur allein der

Segen, den Liselein brachte, sollte nichts gelten und keiner Nachfrage wert sein, als ob der im Überfluß schwimmende Menschenhaufen nicht ein einziges Mäulchen mehr brauchen könnte. Da hüllte sie sich in ihre Tugend und gebar, einen Monat zu früh, ein munteres Knäblein, welches so recht darauf angewiesen war, der Schmied seines eigenen Glückes zu werden.

Dieser Sohn führte sich auch so wacker durch ein vielbewegtes Leben, daß er, durch wunderbare Schicksale endlich mit seinem Vater vereinigt, von demselben zu Ehren gezogen und in seine Rechte eingesetzt wurde, und ist dies der zweite bekannte Stammherr des Geschlechtes der Litumlei.«

Unter dieses Dokument schrieb der Alte: »Eingesehen und bestätigt, Johann Polykarpus Adam Litumlei.« Und John unterschrieb ebenfalls. Dann drückte Herr Litumlei noch sein Siegel bei, dessen Wappenschild drei halbe goldene Fischangeln im blauen Felde und sieben weiß und rot quadrierte Bachstelzen auf einem schräg laufenden grünen Balken zeigte.

Sie wunderten sich aber, daß das Schriftstück nicht größer geworden; denn sie hatten kaum einen Bogen von dem Buch Papier beschrieben. Nichtsdestoweniger legten sie es in das Archiv, wozu sie einstweilen eine alte eiserne Kiste bestimmten; und waren zufrieden und guter Dinge.

Unter solchen und andern Beschäftigungen verging die Zeit auf das angenehmste; es wurde dem glückhaften John beinahe unheimlich, daß es auch gar nichts mehr zu hoffen und zu fürchten, zu schmieden und zu spekulieren gab. Indem er sich so nach neuer Tätigkeit umsah, wollte es ihn bedünken, daß die Gemahlin des Hausherren ein etwas unzufriedenes und verdächtiges

Gesicht gegen ihn zeige; es dünkte ihn nur, bestimmt konnte er es nicht behaupten. Er hatte diese Frau, welche fast immer schlief oder, wenn sie wachte, etwas Gutes aß, über seinen anderweitigen Bestrebungen wenig beachtet, da sie sich in nichts mischte und mit allem zufrieden schien, wenn ihre Ruhe nicht gestört wurde. Jetzt fürchtete er plötzlich, sie könnte ihm irgendeine nachteilige Wandlung der Dinge bereiten, ihren Mann umstimmen und dergleichen.
Er legte den Finger an die Nase und sagte: Halt! Hier dürfte es geraten sein, dem Werke noch die letzte Feile zu geben! Wie konnte ich nur diese wichtige Partie so lange aus den Augen setzen! Gut ist gut, aber besser ist besser!
Der Alte war eben fort, um im stillen an der Ausmittelung einer zweckmäßigen Gattin für seinen Stammhalter tätig zu sein, wovon er selbst diesem nichts verriet. John beschloß unverweilt, sich zu der Dame zu begeben mit der unbestimmten Vorstellung, ihr auf irgendeine Weise den Hof zu machen und sich bei ihr einzuschmeicheln, um das Versäumte nachzuholen. Er säuselte ehrbarlich die Treppe hinunter bis zu dem Gemach, wo sie sich aufzuhalten pflegte, und fand wie gewöhnlich die Türe halb offenstehen; denn sie war bei aller Trägheit neugierig und liebte immer gleich zu hören, was vorging.
Er trat vorsichtig hinein und sah sie wieder schlummernd daliegen, ein halb aufgegessenes Himbeertörtchen in der Hand. Ohne recht zu wissen, was eigentlich beginnen, ging er endlich auf den Zehen hin, ergriff ihre runde Hand und küßte sie ehrerbietig. Sie regte sich nicht im mindesten; doch öffnete sie die Augen zur Hälfte und sah ihn, ohne den Mund zu verziehen, mit

einem höchst seltsamen Blick an, solang er dastand. Verblüfft und stotternd zog er sich endlich zurück und lief in sein Zimmer. Dort setzte er sich in eine Ecke, jenen Blick aus schmaler Augenzwinkerung immer vor sich. Er eilte wieder hinunter, die Frau verhielt sich unbeweglich wie vorhin, und wie er näher trat, taten sich die Augen wieder halb auf. Wiederum zog er sich zurück, wiederum saß er in der Ecke seiner Kammer, zum drittenmal fuhr er in die Höhe, stieg die Treppe hinunter, huschte hinein und blieb nun dort, bis der Patriarch nach Hause kehrte.
Es verging nun kaum ein Tag, wo die zwei Leute sich nicht zusammenzutun und den Alten zu hintergehen wußten, daß es eine Art hatte. Die schläfrige Frau wurde auf einmal munter in ihrer Weise; John aber ergab sich dem leidenschaftlichsten Undank gegen seinen Wohltäter, immer in der Absicht, seine Stellung zu befestigen und das Glück recht an die Wand zu nageln. Beide Sünder taten indessen nur um so freundlicher und ergebener gegen den betrogenen Litumlei, der dabei sich ganz behaglich fühlte und sein Haus auf das beste bestellt zu haben glaubte, so daß man nicht entscheiden konnte, welcher von beiden Herren mehr mit sich zufrieden war. Eines Morgens schien jedoch der Alte den Sieg davonzutragen infolge einer vertraulichen Unterredung, welche seine Frau mit ihm gepflogen; denn er ging ganz sonderbar herum, stand keinen Augenblick still und suchte fortwährend allerlei Sätzchen zu pfeifen, was aber wegen Mangels an Zähnen nicht gelang. Er schien um mehrere Zoll gewachsen zu sein über Nacht, kurz, er war der Inbegriff der Selbstzufriedenheit. Aber denselben Tag noch neigte sich der Sieg wieder auf die Seite des Jüngern, als ihn der Alte

unversehens frug, ob er nicht Lust habe, eine tüchtige Reise zu machen, um auch noch die Welt ein wenig kennenzulernen und besonders auch, indem er sich selber bilde, die verschiedenen Arten der Jugenderziehung in den Ländern in Betracht zu nehmen und sich über die diesfalls herrschenden Grundsätze zu unterrichten, namentlich mit Bezug auf die vornehmeren Stände? Nichts konnte ihm willkommener sein als solch herrlicher Antrag, und freudig genehmigte er denselben. Er wurde schnell für die Reise ausgerüstet und mit Wechseln versehen, und er fuhr in höchster Gloria davon. Zuerst bereiste er Wien, Dresden, Berlin und Hamburg; dann wagte er sich nach Paris, und überall führte er ein prächtiges und weises Leben. Er patrouillierte alle Vergnügungsorte, Sommertheater und Spektakelplätze ab, lief durch die Raritätenkammern der Schlösser und stand allmittags in der Sonnenhitze auf den Paradeplätzen, um die Musik zu hören und die Offiziere anzugaffen, eh er zur Tafel ging. Wenn er all die Herrlichkeiten unter tausend andern Menschen mit ansah, so wurde er ganz stolz und schrieb sich von allem Glanz und Getön das alleinige Verdienst zu, jeden für einen unwissenden Tropf haltend, der nicht dabeiwar. Mit dem behenden Genießen verband er aber die größte Weisheit, um seinem Wohltäter zu zeigen, daß er keinen Hasen auf Reisen geschickt habe. Keinem Bettler gab er etwas, keinem armen Kinde kaufte er je etwas ab, den Dienstbaren in den Gasthäusern wußte er beharrlich mit dem Trinkgelde durchzugehen, ohne Schaden zu leiden, und um jeden Dienst feilschte er lange, ehe er ihn annahm. Am meisten Spaß machte ihm das Vexieren und Foppen der verlorenen Wesen, mit denen er sich im Vereine mit zwei oder drei Gleichgesinnten auf den öffentlichen Bällen unterhielt. Mit *einem* Wort: er lebte so sicher und vergnügt wie ein alter Weinreisender.

Zum Schlusse konnte er sich nicht versagen, einen Abstecher nach seiner Heimat Seldwyla zu machen. Dort logierte er im ersten Gasthof, saß geheimnisvoll und einsilbig an der Mittagstafel und ließ seine Mitbürger sich die Köpfe darüber zerbrechen, was aus ihm geworden sei. Sie waren überzeugt, daß nicht viel hinter der Sache stecke, und doch lebte er zur Zeit unzweifelhaft im Wohlstand, so daß sie einstweilen ihren Spott zurückhielten und mit krausen Nasenflügeln nach dem Golde blinzelten, das er sehen ließ. Er aber regalierte sie nicht mit einer einzigen Flasche Wein, obgleich er vor ihren Augen vom besten trank, und sann, wie er ihnen noch Weiteres antun könne.

Da gedachte er, am Ende seiner Reise, plötzlich des Auftrages, der ihm zur Erforschung des Erziehungswesens in den durchreisten Ländern geworden, um die Grundsätze festzustellen, nach welchen die Kinder des von Litumlei gegründeten und von Kabys fortzupflanzenden Geschlechtes erzogen werden sollten. Diese Aufgabe in Seldwyla zu lösen kam ihm nun trefflich zustatten, da er in den Mantel einer höheren Mission gehüllt als eine Art Edukationsrat auftreten und die Seldwyler noch mehr foppen konnte. Er kam auch gerade vor die rechte Schmiede. Denn seit einiger Zeit schon waren sie auf einen herrlichen Erwerbszweig geraten, indem sie alle ihre Mädchen zu Erzieherinnen machten und versandten. Kluge und unkluge, gesunde und kränkliche Kinder wurden in dieser Weise zubereitet in eigenen Anstalten und für alle Bedürfnisse. Wie man Forellen verschiedentlich behandelt, sie blau ab-

siedet oder backt oder spickt usw., so wurden die guten Mädchen entweder mehr positiv christlich oder mehr weltlich, mehr für die Sprachen oder mehr für die Musik, für vornehme Häuser oder für mehr bürgerliche Familien zugerichtet, je nach der Weltgegend, für welche sie bestimmt waren und von wo die Nachfrage kam. Das Seltsame dabei war, daß die Seldwyler für alle diese verschiedenen Zweckbestimmungen sich vollkommen neutral und gleichgültig verhielten und auch von den betreffenden Lebenskreisen durchaus keine Kenntnis besaßen, und der gute Absatz ließ sich nur dadurch erklären, daß die Abnehmer des Exportartikels ebenso gleichgültig und kenntnislos waren. Ein Seldwyler, der den unversöhnlichsten Kirchenfeind spielte, konnte seine nach England bestimmten Kinder auf Gebet und Sonntagsheiligung einüben lassen; ein anderer, der in öffentlichen Reden von der edlen Stauffacherin, der Zierde des freien Schweizerhauses, schwärmte, hatte seine fünf oder sechs Töchter nach den russischen Steppen oder in andere unwirtliche Gegenden verbannt, wo sie in ferner Trostlosigkeit schmachteten.
Die Hauptsache war, daß die wackeren Bürger die armen Wesen so bald als möglich, mit einem Reisepaß und Regenschirm versehen, hinausjagen und mit dem heimgesandten Erwerbe derselben sich gütlich tun konnten.
Aus alledem war aber bald eine gewisse Überlieferung und Geschicklichkeit für die äußerliche Zurichtung der Mädchen entstanden, und John Kabys hatte vollauf zu tun, die kuriosen Grundsätze, die hierin walteten, mit noch kurioserer Auffassungsgabe einzusammeln und sich zu notieren. Er ging in den verschiedenen Fabrik-

lein herum, wo die Mädchen zubereitet wurden, befragte Vorsteherinnen und Lehrer und suchte sich vorzüglich ein Bild davon zu entwerfen, wie die Erziehung eines Knäbchens in einem großen Hause von Anfang an standesmäßig betrieben würde und zwar so recht auf Kosten der hiefür bezahlten Leute und ohne Mühsal noch Verdruß der Eltern.
Hierüber fertigte er ein merkwürdiges Memorandum an, welches in einigen Tagen, dank seinen fleißigen Notizen, zu mehreren Bogen anschwoll und mit dem er sich aufsehenerregend beschäftigte. Er verwahrte die Schrift zusammengerollt in einer runden Blechkapsel und trug dieselbe an einem Lederriemchen beständig an der Hüfte. Als aber die Seldwyler das bemerkten, glaubten sie, er sei abgesandt, ihnen das Geheimnis ihrer Industrie abzustehlen und in das Ausland zu verpflanzen. Sie erbosten sich über ihn und trieben ihn drohend und scheltend davon.
Erfreut, daß er sie habe ärgern können, reiste er ab und langte endlich in Augsburg an, gesund und fröhlich wie ein junger Hecht. Er trat wohlgemut ins Haus und fand dasselbe ebenso froh belebt. Eine muntere, schöne Landfrau mit hohem Busen war das erste, was er antraf; sie trug eine Schüssel mit warmem Wasser, und er hielt sie für eine neue Köchin und betrachtete sie vorläufig nicht ohne Wohlgefallen. Doch drängte es ihn, die Hausfrau schnell zu begrüßen; allein sie war nicht zu sprechen und lag im Bett, obgleich das Haus von einem seltsamen Geräusch widerhallte. Dieses rührte vom alten Litumlei her, welcher herumrannte, sang, rief, lachte und krakeelte und endlich zum Vorschein kam, blasend, pustend, die Augen rollend und ganz rot vor Freude, Stolz und Hochmut. Ausgelassen und

würdeatmend zugleich hieß er seinen Günstling willkommen und eilte wieder davon, um etwas anderes zu verrichten; denn er schien alle Hände voll zu tun zu haben.
Zwischendurch ließ sich von einer Gegend her wiederholt ein gedämpftes Quieken vernehmen wie von einem Kreuzertrompetchen; die vollbusige Bäuerin ging wieder über die Szene mit einer Handvoll weißer Tüchelchen und rief aus ihrer weißen Kehle: »Gleich, mein Schätzchen! gleich, mein Bübchen!«
»Daß dich!« sagte John, »was ist das für ein leckerer Bissen!«
Aber er horchte wieder auf jenes Quieken, das sich fort und fort vernehmen ließ.
»Nun?« rief Litumlei, der wieder hergeträppelt kam, »singt der Vogel nicht schön? Was sagst du dazu, mein Bursche?«
»Welcher Vogel?« fragte John.
»Ei, Herr Jesus! Du weißt am Ende noch gar nichts?« rief der Alte; »ein Sohn ist uns allendlich geboren, ein Stammhalter, so munter wie ein Ferkel, liegt uns in der Wiege! Alle meine Wünsche, meine alten Pläne sind erfüllt!«
Der Schmied seines Glückes stand wie eine Bildsäule, ohne jedoch die Folgen des Ereignisses schon zu übersehen, so einfach sie auch sein mochten; er fühlte nur, daß es ihm höchst widerstrebend zumute war, machte ganz runde Augen und spitzte den Mund, wie wenn er einen Igel küssen müßte.
»Nun«, fuhr der vergnügte Alte fort, »sei nur nicht zu verdrießlich! Etwas verändert wird allerdings unser Verhältnis, habe auch bereits das Testament umgestoßen und verbrannt sowie jenen lustigen Roman, dessen

wir nun nicht mehr bedürfen! Du aber bleibst im Hause, du sollst bei der Erziehung meines Sohnes die Oberleitung übernehmen, du sollst mein Rat sein und mein Helfer in allen Dingen, und es soll dir nichts abgehen, solang ich lebe! Nun ruh dich aus, ich muß dem kleinen Kreuzkerl einen rechten Namen zusammensuchen! Schon dreimal hab ich den Kalender durchgesehen, will jetzt noch eine alte Chronik durchstöbern, dort gibt's so alte Stammbäume mit ganz merkwürdigen Taufnamen!«
John begab sich endlich auf sein Zimmer und setzte sich in jene Ecke; die Blechkapsel mit der Erziehungsdenkschrift hatte er noch umhängen, und er hielt sie unbewußt zwischen den Knien. Er sah die Sachlage ein, er verwünschte die böse Frau, welche ihm diesen Streich gespielt und einen Erben untergeschoben; er verwünschte den Alten, der da glaubte, er hätte einen rechtmäßigen Sohn; nur sich selbst verwünschte er nicht, der doch der wirkliche und alleinige Urheber des kleinen Schreiers war und sich so selbst enterbt hatte. Er zappelte in einem unzerreißlichen Netze, rannte aber wieder nach dem Alten, um ihm törichterweise die Augen zu öffnen.
»Glauben Sie denn wirklich«, sagte er mit gedämpfter Stimme zu ihm, »daß das Kind das Ihrige sei?«
»Wie, was?« sagte Herr Litumlei und sah von seiner Chronik auf.
John fuhr fort, in abgebrochenen Redensarten ihm zu verstehen zu geben, daß er selbst ja nie imstande gewesen sei, Vater zu werden, daß seine Frau wahrscheinlich sich eine Untreue habe zuschulden kommen lassen usf.
Sobald ihn das kleine Männchen ganz verstand, fuhr es

wie besessen in die Höhe, stampfte auf den Boden, schnaubte und schrie endlich: »Aus den Augen mir, undankbares Scheusal, verleumderischer Schuft! Warum sollte ich nicht imstande sein, einen Sohn zu haben? Sprich, Elender! Ist das der Dank für meine Wohltaten, daß du die Ehre meines Weibes und meine eigene Ehre begeiferst mit deiner niederträchtigen Zunge? Welch ein Glück, daß ich noch rechtzeitig erkenne, welch eine Schlange ich an meinem Busen genährt habe! Wie werden doch solche große Stammhäuser gleich in der Wiege schon vom Neid und von der Selbstsucht attackiert! Fort! aus dem Hause mit dir von Stund an!«
Er lief zitternd vor Wut nach seinem Schreibtische, nahm eine Handvoll Goldstücke, wickelte sie in ein Papier und warf es dem Unglücklichen vor die Füße.
»Hier ist noch ein Zehrpfennig, und damit fort auf immer!« Hiemit entfernte er sich, immer zischend wie eine Schlange.
John hob das Päcklein auf, ging aber nicht aus dem Hause, sondern schlich auf seine Kammer, mehr tot als lebendig, zog sich aus bis auf das Hemde, obschon es noch nicht Abend war, und legte sich ins Bett, schlotternd und erbärmlich stöhnend. In allem Jammer zählte er, da er keinen Schlaf finden konnte, das erhaltene Geld und das, welches er auf der Reise in oben beschriebener Weise erspart. »Unnütz!« sagte er, »ich denke nicht daran, fortzugehen, ich will und muß hier bleiben!«
Da klopften zwei Polizeimänner an die Türe, traten herein und hießen ihn aufstehen und sich anziehen. Voll Angst und Schrecken tat er es; sie befahlen ihm, seine Sachen zusammenzupacken; es war aber alles

noch auf das schönste beisammen, da er seine Reisekoffer noch gar nicht geöffnet hatte. Darauf führten sie ihn aus dem Hause; ein Knecht trug die Sachen nach, setzte sie auf die Straße und schloß die Türe vor seiner Nase zu. Hierauf lasen ihm die Männer von einem Papier ein Verbot vor, bei Strafe nicht mehr dies Haus zu betreten. Dann gingen sie fort; er aber blickte nochmals an das Haus seines verlorenen Glückes hinauf, als eben einer der hohen Fensterflügel sich ein wenig öffnete, jene hübsche Amme eine in ländlicher Weise dort getrocknete Windel hereinlangte und gleichzeitig das Stimmchen des Kindes sich wieder vernehmen ließ.
Da floh er endlich mit seiner Habe in einen Gasthof, zog sich dort wiederum aus und legte sich nun ungestört ins Bett.
Am andern Tage lief er aus Verzweiflung noch zu einem Advokaten, um zu erfahren, ob denn gar nichts mehr zu machen sei? Sobald der aber seine Rede halb angehört, rief er zornig: Machen Sie, daß Sie fortkommen, Sie Esel, mit Ihrer einfältigen Erbschleicherei, oder ich lasse Sie verhaften!
Ganz verstürmt reisete er allendlich nach seinem guten Seldwyla, wo er erst vor einigen Tagen gewesen war. Er setzte sich wieder in den Gasthof und zehrte einige Zeit nachdenklich von seiner Barschaft, und je mehr sie sich verminderte, desto kleinlauter wurde er. Humoristisch gesellten sich die Seldwyler zu ihm, und als sie, da er nun zugänglicher geworden, sein Schicksal so ziemlich erforscht hatten und ihn im Besitze seines abnehmenden kleinen Vermögens sahen, verkauften sie ihm eine kleine alte Nagelschmiede vor dem Tore, die gerade feil stand und, wie sie sagten, ihren Mann

nährte. Er mußte aber, um den Kaufschilling voll zu machen, alle seine Attribute und Kleinode veräußern, was er um so leichter tat, als er nun keine Hoffnung mehr auf diese Dinge setzte; sie hatten ihn ja immer betrogen, und er mochte nicht mehr um sie Sorge tragen.
Mit der Nagelschmiede, in der zwei oder drei Arten einfacher Nägel gemacht wurden, ging ein alter Geselle in den Kauf, von dem der neue Inhaber die Hantierung selbst ohne viel Mühe erlernte und dabei noch ein wackerer Nagelschmied wurde, der erst in leidlicher, dann in ganzer Zufriedenheit so dahinhämmerte, als er das Glück einfacher und unverdrossener Arbeit spät kennenlernte, das ihn wahrhaft aller Sorge enthob und von seinen schlimmen Leidenschaften reinigte.
Dankbarlich ließ er schöne Kürbisstauden und Winden an dem niedrigen schwärzlichen Häuschen emporranken, das außerdem von einem großen Holunderbaum überschattet war und dessen Esse immer ein freundliches Feuerlein hegte.
Nur in stillen Nächten bedachte er etwa noch sein Schicksal, und einigemal, wenn der Jahrestag wiederkehrte, wo er die Dame Litumlei bei dem Himbeertörtchen gefunden hatte, stieß der Schmied seines Glückes den Kopf gegen die Esse, aus Reue über die unzweckmäßige Nachhilfe, welche er seinem Glück hatte geben wollen.
Allein auch diese Anwandlungen verloren sich allmählich, je besser die Nägel gerieten, welche er schmiedete.

NACHWORT

John Kabys ist nicht der einzige Schmied seines Glückes innerhalb der Seldwyler Geschichten; auch Strapinski in *Kleider machen Leute* wird von der Schwierigkeit umhergetrieben, die Spiegel das Kätzchen zur resignierten Frage veranlaßt: »Aber wie soll man drei solche Dinge zusammenbringen in dieser gottlosen Stadt: zehntausend Goldgülden, eine weiße, feine und gute Hausfrau und einen weisen rechtschaffenen Mann?« Auch sonst fallen die Gemeinsamkeiten der beiden Geschichten sogleich in die Augen: beide erhalten ihr Leben aus einer Redensart, die sie entweder demonstrieren oder ad absurdum führen. So beginnt die Erzählung *Der Schmied seines Glückes* mit der Feststellung, daß John Kabys den Spruch im Munde führte, »daß jeder der Schmied seines eigenen Glückes sein müsse, solle und könne, und zwar ohne viel Gezappel und Geschrei«. »Einen Spruch im Munde führen« heißt hier aber, sein Denken und Handeln nach einer Idee auszurichten, das bunte und vielfältige Leben in selbstgewollter Einfalt zu beschränken, was in Seldwyla nie ohne Gezappel und Geschrei möglich ist. Beide Erzählungen kommen in dem Motiv überein, daß einer sich aus der ihn tragenden Gemeinschaft isoliert, weil er nicht warten kann, bis ihm das Glück allenfalls in den Schoß fällt, sondern sich selbst in unangemessenem Vertrauen auf die abenteuerliche Reise macht. Strapinski in *Kleider machen Leute* vertraut sich der schwankenden Kutsche ›Fortuna‹ an, wobei es noch nicht sicher ist, ob der Name »günstiges Geschick« bedeutet, oder ob damit jene »verdammte Hure von Glück« gemeint ist, die Keller in einem Brief aus den »pechiösen« Münchnerjahren an Hegi beschreibt (vom 10. April 1841). Auch John Kabys macht sich aus Seldwyla auf, um sein Glück zu suchen, auch er wird am Ende reumütig dorthin zurückkehren, und es ist kein Wunder, daß oft in den Briefen des Dichters vom »Glück« die Rede ist. Den Lieblingsausdruck des John

Kabys, daß der rechte Mann sein Glück ruhig, mit nur wenigen Meisterschlägen schmieden solle, kommentiert Keller mit den Worten: ». . . womit er nicht etwa die Erreichung bloß des Notwendigen, sondern überhaupt alles Wünschenswerten und Überflüssigen verstand.« Das erste Manuskript hatte dafür die Worte: ». . . mit welcher er nicht etwa das Glück eines erträglichen Auskommens mit der Welt, sondern so eine rechte Glückssache aus dem Vollen verstand.«
Dies gibt den Spielraum der Erzählung genau an: John Kabys soll vom Überflüssigen zum Glück eines erträglichen Auskommens mit der Welt gebracht werden. Es bezeichnet aber weitgehend auch den Weg Kellers, der am 14. August 1841 an seine Mutter aus München schreibt: »Auf diese Art muß ich immer am gleichen Fleck kleben und sehe nicht ein, wie ich mich ohne ein besonderes Glück höher schwingen kann.« Neun Jahre später, nach der entscheidenden Begegnung mit Feuerbach, macht Keller mit dieser Auffassung von Glück energisch »tabula rasa«, wie die folgende Briefstelle vom 22. September 1850 an Freiligrath bezeugt: »Das subjektive und eitle Geblümsel und Unsterblichkeitswesen, das pfuscherhafte Glücklichseinwollen und das impotente Poetenfieber haben mich lange genug befangen.« Das Glücksstreben Johns verrät also den Pfuscher, als den sich Keller rückblickend selbst erkannte, es verrät die Problematik des jungen Heinrich Lee, der erst gegen Ende des *Grünen Heinrich* auf dem Schlosse des Grafen in jenen neuen, realitätserfüllten Begriff von Glück eingeführt wird. Diese zentrale Wende im Leben Kellers spiegelt sich eindrücklich in einem Brief an Hettner vom 16. September 1850, wo er über Goethes *Tasso* schreibt: »Diese Unzufriedenheit und Hypochondrie des Genies, sein persönliches Ringen nach unerreichbarem Lebensglücke und das ungeschickte Verfehlen desselben sind ebenfalls eine Spielart dieser modernen Tragik, welche Goethe hier im glücklichen Wurfe vervollständigt und damit manchem aus der Seele geredet hat.« John Kabys muß im Verlaufe der Erzählung von einem Pfuscher zu einem Meister gebracht werden.

Als Glücksritter ist John Kabys ein Verwandter des armen Schneiders Strapinski, wobei allerdings die Unterschiede der beiden Charaktere nicht außer acht gelassen werden sollten: John Kabys plant energisch und von langer Hand sein Glück, die Lehre Schillers mißachtend, wonach »der strebende Mut« das Glück nicht erzwingen könne. Der Schmied gibt sich durch die Namensänderung bewußt einen »angelsächsisch unternehmenden Nimbus«, während dem viel passiveren Strapinski zwar der noble Habitus zum Bedürfnis geworden war, aber – wie Keller eigens anfügt – »ohne daß er etwas Schlimmes oder Betrügerisches dabei im Schilde führte«. Strapinski gerät vielmehr zufällig in seine ihm vom Schicksal gleichsam aufgezwungene Rolle, während sich John Kabys von vornehereíin eine Chance durch den Namenstausch ausrechnet.

Die Veränderung seines Zustandes wird durch das Auftauchen einer neuen Figur bewirkt, die von Keller folgendermaßen eingeführt wird: »... denn noch in derselben Woche langte an, wohnte in Seldwyla mit einer mannbaren Tochter eine ältere Dame und nannte sich Frau Oliva, die Tochter Fräulein Oliva.« Der Satz spannt sich durch die Endstellung des für John so wichtigen Namens zu einer gravitätisch gestelzten Ankündigung. Pompös meldet sich das erwartete Glück an, ein Liebesglück, bei dem die Liebe allerdings auf rein akustisches Wohlgefallen an einem Namen reduziert ist. Aber bevor es zu dieser erkünstelten Symbiose kommen kann, wird John dem Leser vorgestellt »mit allen seinen Attributen«. Wie bei der Beschreibung der Züs Bünzlin in der Erzählung *Die drei gerechten Kammacher* wird auch hier die Hohlheit der Person durch die Beschreibung dessen, womit sie sich umgibt, prägnant bezeichnet. Da sind zunächst allerlei Anhängsel, dann aber eine gewaltige Busennadel, »welche als Miniaturgemälde eine Darstellung der Schlacht von Waterloo enthielt«. Auch hier also eine Darstellung des weltgeschichtlich Bedeutenden in kitschhafter Winzigkeit, wie sich unter den Schätzen der Züs ein Kirschkern findet, auf dem die Passion Christi eingeschnitzt ist. Die vorweisende Gestik ist unübersehbar: John steckt sich die Erinnerung an das Scheitern eines politischen Glücksschmiedes an den Busen und wird nicht darum herumkommen, sein eigenes Waterloo zu erleben. Doch noch nicht genug der Skurrilitäten; mit der gleichen sprachlichen Gestelztheit, in der die Damen Oliva vorgeführt wurden, beschreibt Keller ein weiteres Attribut: »In den Taschen trug, zog hervor und legte er vor sich hin, wenn er sich setzte: ein großes Futteral aus Leder, in welchem eine Zigarrenspitze ruhte, aus Meerschaum geschnitzt, darstellend den aufs Pferd gebundenen Mazeppa; diese Gruppe ragte ihm, wenn er rauchte, bis zwischen die Augbrauen hinauf und war ein Kabinettsstück.« Ein Kabinettstück auch diese Beschreibung, allerdings nur für den, der die Bedeutung des aufs Pferd gebundenen Mazeppa kennt. Iwan Stepanowitsch Mazeppa (1652–1709) soll, als er bei einem Liebesabenteuer mit der Frau des polnischen Edelmannes Falibowski überrascht wurde, von diesem entkleidet und rücklings auf sein eigenes Pferd gebunden seinem Schicksal preisgegeben worden sein. Die demonstrative Bedeutung auch dieses Attributes ist einleuchtend: John wird ebenfalls nach dem Abenteuer mit Frau Litumlei als ein Verzweifelter rückwärts aus dem so glückverheißenden Haus gestoßen werden. Diese Attribute nun bilden seinen »kühn entworfenen Lebensrahmen«, das heißt, sie zwingen ihn zu einer fortwährend ruhigen und würdevollen Haltung, wie das Attribut des Radmantels den Schneider zum Adeligen bestimmt.

Auch der zweite Meisterschlag des Glücksschmiedes trifft daneben: durch die mit einem Hintergedanken zu voreilig geschlossene Verlobung kommt die fatale Namenskombination John Kabys-Häuptle an den Tag, so daß gerade die Sucht, mehr zu scheinen, als er ist, durch das Gelächter bestraft wird, das Keller mit der zusätzlichen Übersetzung »zu deutsch: Hans Kohlköpfle« in der abschätzigen Diminutivform noch verdoppelt. Das Fehlschlagen der bloßen Spekulation zwingt den Glücksjäger, zu arbeiten und einen einfachen bürgerlichen Beruf zur Grundlage seines Daseins zu

machen. Wer allerdings glaubt, John sei dadurch der Gefahr, einem lockenden, abstrakten Idealbild nachzuhängen, endgültig entronnen, sieht sich schon bei der folgenden Schilderung des Patrizierhauses, in das er auf seiner Glückswanderung getrieben wird, getäuscht, denn »das seidene Kleid, die rundlichen Formen der Schläferin ließen ihm das Haus immer mehr wie ein verzaubertes Schloß erscheinen«. In Wirklichkeit entpuppt sich dieses Schloß als eine »ordentliche Rüstkammer« und sein Bewohner trotz der großartigen Vornamen Johann Polykarpus Adam als ein »winziges eisgraues Greischen, nicht schwerer als ein Zicklein, in einem Schlafrock von scharlachrotem Sammet«, dessen Gesicht zu allem Überfluß noch eingeseift ist. Bevor John ein Wort zu Adam spricht, zeigt Keller wiederum mit konzentrierter Dichte das Geschehen voraus, da der Schaumschläger Kabys den schrulligen Alten zunächst »aufs herrlichste barbiert«, so wie er später versuchen wird, ihn über die Löffel zu barbieren. Vorerst aber »begab sich alles aufs beste«. Deutlich spürt man in der Schilderung das ironische Wohlbehagen, das es dem Erzähler bereitet haben muß, das Paradies der Bürgerlichkeit jener für John so glücklichen Zeit darzustellen.
Lange vor der feierlich inszenierten Verbrüderung ahnt der Leser die Verwandtschaft der beiden Hauptgestalten: Adam Litumlei muß sein Schicksal nach den imaginären Bildern seiner phantastischen Ahnengalerie einrichten, wie John das Idealbild, das ihm von seinen Attributen aufgezwungen wird, im Leben einholen muß. Dies entbehrt nicht der Pikanterie einer von Keller oftmals geübten Kritik der Romantik. Die »Blaue Blume« ist zum Wahnbild geworden, das den Menschen in jene Irre führt, aus der ihn nur das Gelächter gesunder Seldwyler Bürgerlichkeit herausreißen kann. Kein Wunder, daß gerade an dieser Stelle – in der Mitte der Novelle – jener Satz steht, der in nuce die ganze Kritik enthält: »Schließlich umarmten sich der künstlich-natürliche Sohn und der geschlechtergründende Erzvater; aber es war nicht wie eine warme Umarmung von Fleisch und Blut, son-

dern weit feierlicher, eher wie das Zusammenstoßen von zwei großen Grundsätzen, die auf ihren Wurfbahnen sich treffen.« Die Natürlichkeit einer warmen Liebe steht in Diskrepanz zu jener Feierlichkeit, die aus den Grundsätzen eines idealistischen Imperativs erwächst. Wer solchen Idealen folgt, ist keiner Wandlung fähig, weshalb Keller auch eigens vermerkt, John habe seine Kleinodien nicht geändert, da sie »einem genau entworfenen Schema glichen, welches durch die Fülle des Glückes nun vollkommen gedeckt wurde«. John paßt sich einem mühsam aufgebauten Schema an. Damit wird auch der schematische Aufbau unserer Erzählung, der gelegentlich gerügt wurde und der sich in einer genauen Symmetrie der Novelle zeigt, als gewolltes Kompositionsprinzip verständlich.

War alles Vorhergegangene gleichsam Einübung in das Glück, so wird die Wende der Erzählung durch den lapidaren Satz markiert: »Nun saß John im Glücke.« Für John wird dieses Glück höchstens dadurch getrübt, daß er mit Adam zusammen das geheime Familiendokument abfassen muß, das der Legitimation des falschen Sohnes dienen soll: eine der glänzendsten Satiren im Werk Kellers, die ganz an den Stil der *Mißbrauchten Liebesbriefe* erinnert. Köstlich sind schon die Veranstaltungen, welche der Abfassung des Schriftstückes vorangehen und die jene Mühe illustrieren, die Keller jeweils schmerzlich erfahren hatte, wovon die Briefe an seine Verleger ein allzu deutliches Zeugnis sind. Bei Nüssen, Brot und Würstchen kommt die Invention über die beiden. In echt humoristischer Manier wird die also hochgespannte Erwartung des Lesers durch das dürftige Resultat der schriftstellerischen Tätigkeit in Gelächter gelöst. Wiederum in posierter Feierlichkeit hebt die Genealogie an: »Es war im Jahr 17.., als es ein gesegnetes Jahr war. Der Eimer Wein kostete 7 Gulden, der Eimer Äpfelmost 1/2 Gulden und die Maß Kirschbranntwein 4 Batzen...« Die Aufzählung geht noch ein gut Stück weiter und entlarvt mit dem stilistischen Unvermögen das materiell eingeschränkte Denken des Schreiberlings. Hier, wie in den Reden der Züs

Bünzlin, werden die Gestalten von Keller mit bärbeißigem Spott durch ihre sprachlichen Äußerungen demaskiert. Die Sätze dieser Familienchronik beginnen in einer forciert hohen Stillage und sinken dann gegen Ende in die Trivialität des Allerkonkretesten ab. Wenn wir im kritischen Apparat zu unserer Novelle erfahren, daß Keller bei der straffenden Umarbeitung von 1873 auf zahlenmäßige Bestimmtheit in seinen eigenen Schilderungen verzichtete, da er sie als Fehler erkannt habe, so ist gerade diese realste Peinlichkeit des bloßen Aufzählens das hervorstechendste Stilmerkmal der Genealogie, die John verfaßt. Litumleis Fortsetzung ist zupackender, in energischen, doch syntaktisch monoton gebauten, oft nichtssagenden Hauptsätzen verfertigt. Die Jungfer Liselein Federspiel, die so in Kollaboration der beiden aufgebaut wird, ist mit einer unüberhörbar romantischen Aura umgeben, die sich aber in der sprachlichen Konstruktion wiederum sogleich als unerlebtes Gedankenspiel verrät, so etwa, wenn es heißt: »Aber alles dies war verklärt durch eine allgemeine Traurigkeit, welche nicht nur über die lieblichen Gesichtszüge, sondern über die ganze Gliederharmonie des Fräulein Federspiel zitterte, daß man in aller Windstille die wehmütigen Akkorde einer Äolsharfe zu hören glaubte.« Scheint so die ganze hypochondrische Träumerei der beiden Glücksritter nichts anderes als ein leichtes Federspiel zu sein, das beim ersten Hauch der Realität entschweben muß, so ist doch auch die Bemerkung Litumleis ernst zu nehmen, er sei ganz erschöpft von diesen »höllischen Erfindungen«. Die Chronik führt das schale »Unendlichkeitsstreben« der beiden drastischer ad absurdum, als es eine bloß erzählerische Ausschmückung zustande gebracht hätte. Den Rat, den Keller der Biographin Ludmilla Assing in einem Brief vom 15. Mai 1859 gibt, sie solle ihre Helden mehr selbst sprechen lassen, da man nur so »das Bild von ihrem spezifischen Geiste ganz vollkommen erhalte durch ihre unmittelbaren Worte«, hat Keller hier aufs überzeugendste selbst befolgt.

Im Vergleich mit dieser Familiengeschichte fällt nun aller-

dings der folgende Abschnitt, der die Edukationssatire enthält, etwas ab, ist doch das Thema nur recht lose mit der Geschichte verknüpft und wird die Motivation erst am Ende der Erzählung klar: John mußte für mindestens neun Monate von der Himbeertörtchen essenden Gattin Litumleis entfernt werden, damit die lustspielhafte Überraschung auch wirklich gelingen kann. Immerhin mag hier festgehalten werden, daß es sich bei diesem ganzen Einschub der pädagogischen Provinz um einen Abschnitt handelt, den Keller erst in der späteren Bearbeitung der Erzählung einfügte.
Nach der für John so verhängnisvollen Peripetie der Novelle wird ihm von Litumlei noch ein quasi retardierendes Moment angeboten in der Möglichkeit, als Erzieher des willkommen-unwillkommenen Sprößlings doch noch in dem Traumschloß bleiben zu können; eine Möglichkeit, die sich John aus eigener Dummheit verscherzt, denn nun folgt, nach dem Schema des Lustspiels, die Vergeltung und die Überführung des Bösewichts, der dem Gelächter preisgegeben wird. Typisch für Keller ist die Eile, mit der er die Erzählung zu Ende bringt. Auch das erinnert wieder an den Schluß der *Drei gerechten Kammacher*, der von Keller in einer überstürzten und lakonischen Strenge herbeigeführt wird. So wird John von dem Advokaten, den er in seiner Verzweiflung um Hilfe angeht, nicht zu Ende gehört, so läßt Keller die Verspottung durch die Seldwyler, die John wahrhaftig verdient hätte, einfach aus. Daß Keller der Schluß der Novelle nicht ganz leicht gefallen ist, machen die Lesarten der kritischen Ausgabe deutlich. Ursprünglich hieß es, John habe »ohne weiteren Übergang« sein Rasierstübchen wieder aufgemacht, in welchem er fortan still und ruhig bis an sein Ende verblieben sei. Noch in den Sechzigerjahren ersetzt er diesen Schluß durch den Einfall, daß John »unversehens« eine kleine alte Nagelschmiede feilgeboten wurde, die er sich erwarb, und daß er mit der Zeit noch ein wackerer Nagelschmied geworden sei. In der Überarbeitung von 1873 fügt Keller dann das so bezeichnende Detail an: »Er

mußte aber, um den Kaufschilling voll zu machen, alle seine Attribute und Kleinode veräußern, was er um so leichter tat, als er nun keine Hoffnung mehr auf diese Dinge setzte; sie hatten ihn ja immer betrogen, und er mochte nicht mehr um sie Sorge tragen.« Mit dieser symbolischen Geste legt John die Manier des idealistischen Höhenflugs ab, es sind nun nicht mehr »Kleider«, welche die »Leute machen«, der Glücksritter hat seine abenteuerliche Irrfahrt in die romantischen Gefilde abgeschlossen. Auch diese Erzählung folgt dem Motiv, das Robert Faesi als das Hauptmotiv in Kellers Werken bezeichnet, daß ein Individuum zur Gesamtheit des Volkes zurückkehrt. John hat gleichsam unter der Schicht seiner verhängnisvollen »Kleinodien«, die ihn zu ausgefallener Phantastik verleiteten, seine Seele entdeckt.

Die Novelle, die weitgehend 1855 entstanden ist, sollte mit den Erzählungen des 1. Bandes der *Leute von Seldwyla* 1855 erscheinen, wurde aber, da das Material zu umfangreich war, zusammen mit den *Mißbrauchten Liebesbriefen* ausgeschieden. Im *Grünen Heinrich* taucht der Titel im 13. Kapitel des III. Buches auf, dort allerdings positiv verstanden. Bei der Schilderung des Nürnberger Künstlerfestes heißt es: »In diesem Aufzuge sah man vorzugsweise schöne und kräftige Männergestalten, da hier meistens solche ihren Platz genommen, die als die Schmiede ihres Glückes sich auf die Höhe des Lebens und Gelingens durchgekämpft hatten und in jeder Hinsicht geeignet waren, das Tüchtigste vorzustellen.« Anfang Mai des Jahres 1873 erhielt Weibert die Erzählungen *Kleider machen Leute*, *Der Schmied seines Glückes* und *Die mißbrauchten Liebesbriefe* als Druckvorlage für den dritten Band der Seldwyler Geschichten, der dann Ende 1873 erschien. Für den Druck von 1873 hatte Keller das ursprüngliche Manuskript noch einmal überarbeitet.

René Nünlist